Vente du Mardi 12 Décembre 1905

HOTEL DROUOT, SALLE N° 10

à deux heures

COLLECTION F. FLAMENG

COSTUMES & COIFFURES

Civils et Militaires

ARMES

Mᵉ LAIR-DUBREUIL | M. G. COURTOIS

EXPOSITION PUBLIQUE

Le Lundi 11 Décembre 1905, de 2 heures à 6 heures

CATALOGUE

DES

COSTUMES & COIFFURES

Civils et Militaires

ANCIENS ET RECONSTITUÉS

ARMES

Harnachement — Équipement — Chaussures

INSTRUMENTS DE MUSIQUE — ÉTOFFES — TAPISSERIES

ACCESSOIRES DIVERS

Composant la Collection de **M. F. FLAMENG**

ET DONT LA VENTE, AUX ENCHÈRES PUBLIQUES, AURA LIEU

HOTEL DROUOT, SALLE N° 10

Le Mardi 12 Décembre 1905

à deux heures

<table>
<tr><td>COMMISSAIRE-PRISEUR
Mᶜ LAIR-DUBREUIL
6, rue de Hanovre, 6</td><td>EXPERT
M. G. COURTOIS
44, rue Poussin, 44</td></tr>
</table>

Chez lesquels se distribue le présent Catalogue.

EXPOSITION PUBLIQUE

Le Lundi 11 Décembre 1905, de 2 h. à 6 h.

CONDITIONS DE LA VENTE

Elle sera faite au comptant.

Les acquéreurs paieront *dix pour cent* en sus des enchères.

L'exposition mettant le public à même de se rendre compte des objets, il ne sera admis aucune réclamation une fois l'adjudication prononcée.

Paris. Imp. Georges Petit — 16045-05.

Désignation des Objets

AJUSTEMENTS MILITAIRES
et Costumes civils

1 — Buffle à grandes lassettes. (Louis XIII.)

2 — Justaucorps militaire en buffle, parements drap
bleu. (Louis XV.)

3 — Habit de général. (Révolution.)

    En drap bleu, col à la Saxe et parements drap écarlate.
le tout brodé or. Reconstitution.

4 — Costume d'officier de préposé aux Domaines.
(Révolution.)

    Habit en drap vert, col à la Saxe; gilet en drap blanc à
la Robespierre; hongroise en drap vert; le tout brodé en
argent fin. De l'époque.

5 — Habit de soldat d'infanterie. (Révolution.)

6 — Habit du 8e cuirassiers. (Empire, 1812.)

7 — Habit d'officier de la Maison de l'Empereur. (Empire.)

> En drap bleu brodé argent.

8 — Habit de chasseur à cheval, Garde impériale. (Empire.)

9 — Habit de chasseur à pied. (Empire.)

10 -- Habit d'artillerie. (Empire.)

11 — Pelisse et dolman de hussard. (Empire.)

12 — Manteau d'officier. (Empire.)

> Forme rotonde; en drap vert brodé argent fin. De l'époque.

13 — Habit de page de l'Empereur. (Empire.)

14 — Livrée de chasse de l'Empereur. (Empire.)

15 — Polonaise du prince Murat. (Reconstitution.)

16 — Parties d'un costume d'officier des Gardes d'honneur. (Empire.)

17 — Lot d'habits de différents régimes.

18 — Culottes de peau.

19 — Hongroises, pantalons.

20 — Gilets divers.

21 — Costume de soldat écossais.

22 — Costume de porteur du Pape.

23 — Costume de soldat du Pape.

24 — Plusieurs pourpoints en drap, soie ou velours. (Louis XIII.)

25 — Devant de gorge d'un corsage de femme, brodé argent. (xvii siècle.)

26 — Casaquin de femme en soie brochée saumon, tissée argent. (Louis XV.)

27 — Cape blanche, soutachée noire.

28 — Onze corps à baleines, à longues pointes d'estomac. (xviii siècle.)
En soierie, damas, brocatelle et autres. (Seront divisés.)

29 — Vingt corsages de femme. (xviii siècle, Empire et Consulat.)
En soie, satin, drap, etc. (Seront divisés.)

30 — Manteau à capuchon en velours rubis, soutaché argent.

31 — Habit livrée en velours grenat, galonné sur toutes les coutures.

32 — Veste orientale en velours de soie grenat, soutachée or fin.

33 — Quinze habits. (xviii siècle.) De l'époque.
En drap, soie ou velours, le tout brodé. (Seront divisés.)

34 — Onze habits. (xvııı^e siècle.)

> En drap, soie, velours et autres. (Seront divisés.)

35 — Sept habits-vestes. (Seront divisés.)

36 — Seize gilets. (xvııı^e siècle.)

> Pour la majorité en soie brodée. (Seront divisés.)

37 — Habit d'été, fond bis orné d'applications de couleurs. Ayant appartenu à Molière. (Louis XIV.)

38 — Onze robes. (Louis XVI, Révolution, Empire et 1830.)

> En soie, satin, velours et autres.

39 — Lot de culottes.

40 — Plusieurs habits. (Louis XV, Louis XVI, Révolution, Empire et 1830.)

> En drap, soie et velours.

41 — Costume de reitre.

42 — Lot de redingotes, carricks, vestes, habits-vestes. (Révolution à 1830.)

43 — Quantité de jupes et robes. (Empire et 1830.)

44 — Costumes ecclésiastiques : cardinal, abbé, moine, capucin, etc.

45 — Costume de toréador.

46 — Réunion de parties de vêtements d'hommes et de femmes de la Forêt Noire, comprenant : 14 coiffures de femmes, 6 jupes, 9 corsets, 4 corsages, 3 tabliers, redingote, chemise, etc.

47 — Costumes civils non catalogués.

48 — Ajustements militaires non catalogués.

ARMES

49 — Longue dague, fer niellé argent, avec inscription sur la lame : *Avance poltron*. (xviiᵉ siècle.)

50 — Épée de cour. (xviiiᵉ siècle.)

Garde, pommeau et poignée ornés de fleurs, carquois et autres attributs sur fond or ; fusée filigrane argent ; lame acier bleu, gravée or ; fourreau en galuchat avec sa garniture, moins le bout.

51 — Une autre.

52 — Trois épées, page et autres. (xviiiᵉ siècle.)

53 — Sabre d'officier supérieur de hussards. (Louis XVI.)

Dit à l'Allemande, garde cuivre doré ; fourreau cuir avec ornements cuivre doré et ciselé, orné d'attributs ; lame de P. Berger, fourbisseur à Strasbourg, en acier bleu, gravée or, avec inscription et figurine : *Vivat hussar*.

54 — Sabre d'officier de cavalerie légère. (Louis XVI.)

Large fourreau en cuivre gravé, dard cuivre ; lame damas, gravée or de caractères orientaux.

55 — Sabre droit d'officier. (Révolution.)

56 — Sabre de dragon. (Révolution.)

57 — Sabre de carabinier. (Révolution.)

Sans fourreau ; lame portant l'inscription : *Carabinier de la République françoise*.

58 — Sabre d'officier, garde nationale. (Révolution.)

59 — Sabre de luxe. (Révolution.)

Garde s'épanouissant en plateau repercé à jour, ornée de la figurine de la Liberté s'appuyant sur le Lion populaire et terrassant la Royauté, dans un encadrement de rinceaux, de trophées et autres attributs ; pommeau à tête de léopard, formant calotte à prolongement. Important fourreau cuivre, orné d'attributs guerriers avec médaillon encadrant la Liberté ; dard cuivre ; le tout très finement ciselé et doré.

60 — Sabre d'officier supérieur de lanciers. (Empire.)

Pommeau formé par une tête de lion, dont les pattes retombent sur la calotte à prolongement; garde à trois branches, cuivre doré et ciselé ; lame orientale, gravée or ; fourreau acier, avec garnitures en cuivre doré et ciselé, orné d'attributs divers ; dard fer.

61 — Sabre à la Turque. (Empire.)

Garde dorée et ciselée, à deux branches retombant sur palmette ; lame damasquinée, avec inscriptions orientales gravées or.

62 — Sabre d'officier de cavalerie légère. (Empire.)

Garde à trois branches ; pommeau à tête de léopard formant calotte ; lame à talon, gravée or ; fourreau fer et cuivre.

63 — Sabre de luxe. (An VII.)

A la Turque. Poignée en argent; pommeau à tête d'aigle ; croisière en fer niellé or ; lame orientale, portant l'inscription or : *Pris à Jaffa, dans la Sirie, an VII, le 18 ventôse. Appartien au citoien Caire, lieutenant des guides du général en chef Bonaparte.* Le fourreau, en maroquin noir, est fendu dans sa partie supérieure, et l'ouverture est recouverte par un ressort en acier; toutes ses garnitures sont en argent ajouré sur fond or ; dard fer ; anneaux de bélière en fer niellé or.

64 — Sabre de général. (Empire.)
Modèle réglementaire.

65 — Sabre d'officier supérieur d'artillerie. (Empire.)

66 — Sabre à la Turque. (Empire.)

67 — Sabre d'officier de cuirassiers. (Empire.)

68 — Sabre d'officier de dragons de la Garde. (Empire.)

69 — Glaive. (Empire.)

Pommeau en chapiteau, en cuivre doré et ciselé; poignée en ivoire, à cannelures, portant à sa base un aigle à ailes déployées en cuivre doré et ciselé; bout du fourreau or.

70 — Sabre courbe.

Fourreau tout cuivre doré et ciselé, orné d'attributs, de rosaces et de quatre médaillons, dont trois octogonaux, renfermant les figurines de Mars, de Minerve et d'Hercule; poignée à croisillon, formant tête de bélier à l'extrémité; pommeau à tête de veau marin faisant calotte; fusée à cannelures noires; lame de Tolède gravée.

71 — Sabre de grosse cavalerie. (1814.)

72 — Sabre de grenadier de la Garde.

73 — Plusieurs sabres. (xviiie et xixe siècles.)

74 — Paire de pistolets d'arçon. (Empire.)

75 — Fusil batterie silex.

76 — Fusil de chasse à deux coups. (xviiie siècle.)

77 — Carabine à tringle, avec sa buffleterie.

78 — Mousqueton à tringle, batterie silex.

79 — Fusil arabe.

80 — Plusieurs lances.

81 — Sabre de garde du corps, fourreau cuir. (Restauration.)

82 — Sabre de garde de Monsieur. (Restauration.)

83 — Fusils modèles divers.

84 — Armes non cataloguées.

COIFFURES

85 — Casque de dragon, officier. (Louis XV.)
Bombe en cuir, ornements et cimier en argent.

86 — Casque de dragon. (Fin Louis XVI.)

87 — Deux bonnets d'homme, brodés. (xviiie siècle.)

88 — Coiffure de femme. (xviiie siècle.)

89 — Chapeau d'alcade. (xviiie siècle.)

90 — Lot de feutres. (Louis XIII, Louis XIV, Louis XV, Louis XVI, Révolution et Empire.)

91 — Bonnet de police, brodé. (Révolution.)

92 — Bonnet de police, officier. (Empire.)

93 — Schako d'officier supérieur. (Empire.)

94 — Schako d'officier des Gardes d'honneur. (Empire.)

Fût en drap rouge ; au tour du haut, galon de velours noir brodé d'anneaux argent entrelacés ; ornements argent, plaque à soubassement en plaqué argent.

95 — Schapska de troupe. (Empire.)

96 — Chapeau d'officier général. (Empire.)

97 — Bicorne d'officier supérieur. (Empire.)

98 — Chapeau de général. (1830.)

99 — Tube en drap rouge.

100 — Bonnet à poil.

101 — Plusieurs coiffures militaires de diverses époques, schakos, képis, colbacks, etc.

102 — Quantité de coiffures civiles, d'hommes et de femmes, variées.

103 — Deux schakos, officier. (1835.)

104 — Un autre de troupe.

105 — Casque d'officier de carabiniers. (Second Empire.)

106 — Talpach d'officier de chasseurs. (Second Empire.)

ÉQUIPEMENT, HARNACHEMENT

107 — Giberne d'officier général, en argent. (Louis XIV.)

108 — Bride ornements cuivre doré. (Louis XV.)

109 — Selle en velours grenat, brodé argent fin, avec
ses couvre-fontes. (xviiie siècle.)

110 — Selle et accessoires en velours grenat, ornements or fin. (xviiie siècle.)

111 — Schabraque et couvre-fontes en velours côtelé
grenat, galonné or fin. (Empire.)

112 — Selle de hussard. (Empire.)

113 — Trois selles dont une d'officier général avec ses
fontes et couvre-fontes. Empire. Trois brides
dragon, cuirassier et hussard. (Empire.)

114 — Bride d'officier. (Empire.)

115 — Ceinturon d'officier supérieur. (Révolution.)
En cuir brodé argent.

116 — Ceinturon d'officier supérieur. (Empire.)
En cuir vert brodé argent.

117 — Baudrier porte-cartouchières. (Louis XIII.)

118 — Sabretache de sous-officier de chasseurs de la
Garde. (Empire.)

119 — Sabretache et giberne, officier supérieur.
Étranger.)

120 — Lot de mors et d'étriers.

121 — Sabretache d'officier. (Étranger.)

122 — Schabraques, porte-manteaux.

123 — Gibernes et banderoles, infanterie et cavalerie.

124 — Ceinturons, ceintures, baudriers, buffleterie.

125 — Lot de plumets.

126 — Lot d'épaulettes.

127 — Lot d'aiguillettes.

128 — Sac de soldat. Empire.

CHAUSSURES

129 — Botte longue de muguet italien. (xviie siècle.)
Giacopo Butalini, anno 1650.

130 — Paire de bottes vénitiennes. (xviie siècle.)

131 — Neuf paires de souliers de femme. (xviiie et
xixe siècle.) (Seront divisées.)

132 — Paire de souliers de femme à haut talon, en
soie brochée. (xviiie siècle.)

133 — Paire de souliers d'homme, en velours brodé
argent. (xviie siècle.)

134 — Trois paires de souliers d'enfant. (xviie et
xviiie siècles.)

135 — Quatre souliers cuir. (xviie et xviiie siècles.)

136 — Deux souliers de femme.

137 — Paire de bottines de dragon, officier. (Louis XV.)
En cuir brodé, boutons et bouclerie cuivre.

138 — Paire de bottes de grosse cavalerie. (Louis XIV.)

139 — Plusieurs bottes et houseaux de différentes époques.

140 — Lot de souliers d'hommes et de femmes.

141 — Chaussures non cataloguées.

INSTRUMENTS DE MUSIQUE

142 — Archi-luth. (xviiᵉ siècle.)

143 — Archi-luth. (xviiiᵉ siècle.)

144 — Cistre orné d'incrustations d'ivoire. (xviiiᵉ siècle.)

145 — Mandore ornée d'incrustations de nacre, d'ivoire et de personnages peints. (xviiiᵉ siècle.)

146 — Luth.

147 — Vielle.

148 — Trompette de cavalerie avec flamme (Louis XIV.)

149 — Tambour orné de peinture. (Louis XIV.)

150 — Tambour orné de peinture. (Louis XV.)

151 — Tambour orné de peinture. (Révolution.)

152 — Plusieurs tambours de différentes époques.

153 — Harpe bois doré et sculpté. (Louis XVI.)

154 — Mandoline avec ornements d'ivoire gravé.

155 — Cistre et mandore.

156 — Instruments non catalogués.

OBJETS DIVERS

157 — Cheval d'atelier, peau naturelle.

158 — Paire de boucles en strass.

159 — Deux portières fond brique, ornées de broderies en application.

160 — Deux portières fond blanc, point de Hongrie, à rinceaux et à fleurs de couleurs.

161 — Perruques.

162 — Deux paires de bas à coins brodés. (xviiie siècle.)

163 — Agrafe d'épée. (xviiie siècle.)

164 — Tapisserie des Flandres, personnages et verdure. (Fin xviie siècle.)

165 — Une autre.

166 — Deux canons sur affût, dont un en bronze ciselé et armorié, affût couvert d'ornements cloutés.

167 — Casque et cuirasse d'officier supérieur de carabiniers. (Commencement du Second Empire.)

Casque doré au mercure, ornements en argent. Cuirasse en chrysocale ; bretelles à anneaux entrelacés, terminées par une grenade : le tout en argent. Matelassure.

168 — Cuirasse d'officier de cuirassiers. (xviiie siècle.)

169 — Une autre de troupe.

170 — Une trentaine de caisses en zinc fermant hermétiquement.

171 — Lingerie diverse.

172 — Objets omis au présent catalogue.

www.ingramcontent.com/pod-product-compliance
Lightning Source LLC
LaVergne TN
LVHW011509170726
843501LV00009B/3699